शब्द!
कुछ कहे-अनकहे से...

शब्द!
कुछ कहे-अनकहे से...

एन.पी. सिंह

प्रभात प्रकाशन, दिल्ली
ISO 9001:2015 प्रकाशक

प्रकाशक • **प्रभात प्रकाशन**
4/19 आसफ अली रोड,
नई दिल्ली–110002

संस्करण • प्रथम, 2019
मूल्य • तीन सौ रुपए
मुद्रक • आर–टेक ऑफसेट प्रिंटर्स, दिल्ली

SHABDA! Kuchh Kahe-Ankahe Se...

Poems by Shri N.P. Singh ₹ 300.00
Published by Prabhat Prakashan, 4/19 Asaf Ali Road, New Delhi-2
e-mail: prabhatbooks@gmail.com ISBN 978-93-5322-148-5

यह पुस्तक समर्पित है देश के आम जनमानस को,
जिसकी पीड़ा ने मेरी आत्मा को झकझोरा और
कुछ लिखने के लिए प्रेरित किया।

भूमिका

"एहसास गहराया था तब
जब देखा सूरज की तपिश में
गिट्टी तोड़ते हुए मजदूर
अधनंगे कलुआ को, जो
असफल प्रयास करता
जिंदा लाश के रूप में
बचाए रखने का खुद को..."

गहरे मानवीय सरोकारों को पिरोए उस कविता का शीर्षक ही 'एहसास अपने होने का' जो कवि नागेंद्र प्रसाद सिंह के कविता-संग्रह 'शब्द! कुछ कहे कुछ अनकहे से' में से है। एहसास एक मनुष्य होने का, एक नागरिक होने का और एहसास एक कवि होने का। गिट्टी तोड़ता मजदूर हो अथवा

"भूखी कंकाल मात्र 'कुंतली'
जो पीठ पर बच्चे को बाँधकर
दिन भर की मेहनत के बाद
पाती थी मालिक से
दो अधसड़े आलू, नमक
और दो अधजली जूठी रोटी"

या ऐसे ही अन्य पीड़ित, वंचित जन, एक सच्चा कवि पीड़ितों,

वंचितों, शोषितों की आवाज बनता है। राजनीति भले ही ऐसे लोगों को दुःख दे अथवा वोटों की खेती करे, समाज उपेक्षा करे, किंतु कवि की दृष्टि, कवि की संवेदना हमेशा ऐसे लोगों को कविता के केंद्र में रखती है। यह कविता कोई अकेली कविता नहीं है, वरन् संग्रह में कवि के मानवीय एवं सामाजिक सरोकार पाठक को उद्वेलित करते हैं, वैचारिक मंथन को गति देते हैं और संग्रह की कविताएँ पढ़ने के बाद पाठक के मन में वही छटपटाहट जागना स्वाभाविक प्रक्रिया बन जाती है, जो कवि की कविताओं में भरपूर नजर आती है। छटपटाहट, व्यवस्था में बदलाव की, ऐसी व्यवस्था की स्थापना की, जहाँ शोषण, उत्पीड़न, अन्याय, अत्याचार, विषमता, दमन, घुटन, निराशा से मुक्ति मिले, छटपटाहट लोकतंत्र को सच्चा लोकतंत्र बनाने की, मानवीय गरिमा को प्रतिष्ठित करने की राजनीति को सेवा का कार्ग बनाने की। इसी छटपटाहट के कारण वह शब्दों को अंगार बना लेता है और कविताओं में आक्रोश का लावा फूट पड़ता है। सत्ता का मद, सत्ताधीशों का छलावा कविता में अभिव्यक्ति पाता है—

अमानवीय पैशाचिक कृत्यों की
शिकार आधी आबादी के प्रति
अक्रियाशील वादों एवं जुमलों को
क्रूरता के शब्दालंकरण तक
सीमित कर सकते हो
इसकी अनुमति है तुम्हें

× × ×

तुम रोजगार के लिए आंदोलित
अपनी भूख मिटाने में
असफल प्रयास से थके हारे
व्यवस्था की आग से झुलसे युवाओं पर

लाठी गोली चलवा सकते हो
इसके लिए सशक्त हो तुम

सचमुच इससे बड़ी विडंबना क्या होगी कि दुनिया के सबसे बड़े लोकतंत्र में और दुनिया को बुद्ध, महावीर तथा गांधी का संदेश देनेवाले देश में सत्ता आए दिन निहत्थे नागरिकों पर लाठियाँ-गोलियाँ बरसाए। कोई भी दल हो, कोई भी नेता हो, कैसे भी वादे किए गए हों, कैसे भी आश्वासन दिए गए हों, सब्जबाग दिखाए गए हों, सिंहासन पर बैठते ही सारी सोच, सारा परिदृश्य बदल जाता है—

क्योंकि तुमने झूठ फरेब
लोभ मोह के पाश में बाँधकर
अपने शासक होने की
वैधानिकता जो हासिल कर रखी है
तुम रहनुमा, परविरदिगार हो
इसकी स्वीकृति है तुम्हें

सत्ता की मनमानी और निरंकुशता में सहायक बन जाता है वह 'लोकसेवक', जो नाम से सेवक, किंतु रुतबे से सुल्तान बन जाता है। ब्रिटिश सरकार ने जिस नौकरशाही को दमन और शासन के लिए देश पर थोपा था, आजाद भारत में से बरकरार रखा गया। कवि की दृष्टि इस 'लोकसेवक' और उसकी कार्यप्रणाली पर अत्यंत सटीक टिप्पणी करती है

आमजन के लिए शून्य-संवेदना
अधीनस्थों पर आहत शेर सी गर्जना
आकाओं के समक्ष सिद्धांतविहीन अर्चना
चेतना के केंद्र में कुरसी
वाणी में वक्र संभाषण
शक्ति केंद्रों के समक्ष करता शीर्षासन

कौन हूँ मैं?

× × ×

फुटपाथों, झोंपड़ियों तक
स्वामी को सीमित कर
करता क्षण–प्रतिक्षण तिरस्कार
वातानुकूलित कमरों में मानसिक जुगाली
और भरता अर्थहीन हुंकार
गुलाम वंश की अविच्छिन्न विरासत ढोता
'दासत्व का बादशाह'
लोकसेवक हूँ मैं...।

लोकसेवकों के चरित्र पर 'दासत्व के बादशाह' शीर्षक वाली यह कविता 'मील का पत्थर' है। लोकसेवक ही नहीं, 'जननायक', 'बुद्धिजीवी', 'संन्यासी' या समाज को नियंत्रित करनेवाले, संचालित करनेवाले, प्रभावित करनेवाले समूहों पर भी कवि की लेखनी ने सटीक धारदार एवं प्रभावपूर्ण टिप्पणियाँ की हैं। 'जननायक' कविता की ये पंक्तियाँ देखिए—

मैं आश्वस्त हूँ कि फिर बनोगे शिकार
मेरे शब्दजाल का
मैं फिर कहूँगा, तुम फिर सुनोगे
और जब भूल से
पूछोगे कोई सवाल
मैं मुसकरा दूँगा बहरा बनकर

× × ×

तुम सलाम करोगे
मेरी नेतृत्व कला को
मैं राज करता रहूँगा चिरंतन

रूप, गंध व वस्त्र बदलकर
संविधान संवहन का पहनकर चोला
क्योंकि तुम्हारा जननायक हूँ मैं...।

इसी प्रकार, कवि ने इस छद्म संन्यासियों की भी अच्छी खबर ली है, जो भोले कर्मशील इनसानों का भयादोहन कर, भावनाओं को शोषण कर, पूँजीपतियों जैसी सुख-सुविधाओं का मजा लूटते हैं तथा सत्ता को भी अपने इशारों पर नचाते हैं। यह कविता भी अपने ढंग की अनूठी कविता है—

नहीं कर सकता तुम्हारी दरिद्रता का निवारण
पर दे सकता हूँ, मृत्यु पश्चात्
अदृश्य लोक में समृद्धि एवं अप्सराओं का सुख!

× × ×

मैं भोगता हूँ अपनी सहज इंद्रियाँ
सिखाते हुए तुम्हें सवत
साम, दाम, तप, वैराग्य का पाठ

× × ×

मत समझना अपनी दरिद्रता को
व्यवस्था-जनित सड़ाँध की दुर्गंध
इसके मूल में हो
सिर्फ 'तुम' और तुम्हारा 'विकर्म'

× × ×

स्वर्ग का प्रतिनिधि हूँ मैं, मोक्ष मार्ग का ठेकेदार
तुम्हें चुकाना ही होगा 'पथकर'
सुदृढ़ रखने को मेरे व्यवसाय की निरंतरता...।

इस लंबी कविता की एक-एक पंक्ति अत्यंत प्रभावी है। लंबी कविता लिखना तथा उसमें 'कविता' को बनाए रखना तथा सपाटबयानी

से बचाए रखना भी बहुत बड़े काव्य-कौशल का माँग करता है।

कवि नागेंद्र प्रसाद सिंह की कुछ कविताएँ पढ़ते हुए स्वाधीनता सेनाना तथा महान् कवि बालकृष्ण शर्मा 'नवीन' की वह कविता बार-बार याद आई, जिसमें 'नवीन' जी ईश्वर को भी नहीं बख्शते।

"लपक चाटते जूठे पत्ते जिस दिन मैंने देखा नर को
जी में आया आग लगा दूँ इस धरती को इस अंबर को
फिर ये सोचा क्यों ने 'टेंटुआ' घोंटा जाए स्वयं नरपति का
जिसने अपने ही स्वरूप को रूप दिया इस घृणित विकृति का।

कविवर नवीन ईश्वर का भी 'गला' दबाने की बात करते हैं, यही है सच्चे कवि का तेवर। कवि नागेंद्र प्रसाद सिंह भी कवि की गरिमा, कवि की सत्ता के प्रति पूरी आस्था रखते हैं, जो राजसत्ताओं से कहीं ऊपर है।

कवि की लेखनी का दायित्व है सत्ता की निरंकुशता पर प्रहार करना, उसे चेतावनी देना तथा जरूरत पड़े तो सत्ता से टकराना और परिणाम भुगतने को सहर्ष तैयार रहना। 'नास्तिक हूँ मैं' कवि की ऐसी ही रचना है, जिसमें वह ईश्वर की 'गढ़ी गई' सत्ता पर तीखी टिप्पणियाँ करता है—

संसाधनों के अभाव से जूझते
व्याधि से तड़पते मरते
लघुमानवों के बिलखते परिजनों को
जब देखता हूँ
तो दृश्य पटल पर कौंधती हैं
उपासना स्थलों की रत्नजड़ित प्राचीरें
स्वर्ण मुकुटों से सुसज्जित
तुम्हारे ईश का प्रातिनिधिक स्वरूप।

× × ×

कुपोषित नवजात शिशुओं को
कृशगात माँ के रुग्ण स्तनों को
नोचते बिलखते जब देखता हूँ
तो उभरता है दृश्य
हवा को शुद्ध करता यज्ञों का घृत धूम
और शिवलिंग को नहलाता, दूध से भरा भारी कुंभ...।

कवि की लेखनी सामाजिक परिदृश्य में व्याप्त विसंगतियों, विषमताओं, विडंबनाओं से इस कदर आक्रांत है कि होली जैसे हर्षोल्लास के त्योहार पर लिखी कविता में भी वे सारे दर्द उभर आते हैं, जो प्राय: महसूस तो करते हैं, किंतु अभिव्यक्त नहीं कर पाते। इसी कविता से कुछ पंक्तियाँ—

गलियारों में भागी फिरती
लाज बचाती नारी
शोषित खाए लाठी-डंडा
मेवा अत्याचारी
जिधर न्याय के लिए निहारो
लुटेरों की टोली रे
कैसे खेले जनता होली रे!

× × ×

कल का गुंडा, आज का मंत्री
अफसर चोर उचक्के
ये संभ्रांत सफेदपोश हैं
हम ठगे हुए भौचक्के
किस्सा, कुरसी, राजलक्ष्मी
सबकी पोल है खोली रे!

कवि नागेंद्र प्रसाद सिंह के इस संग्रह में हमें कवि का चिंतक का

रूप भी खूब स्पष्ट देखने को मिलता है। उनकी हर प्रकार की जड़ता पर प्रहार करती है, बुद्धिजीवियों के अथवा धर्म के ठेकेदारों द्वारा अकसर छुपा दी गई सच्चाइयों को उजागर करते हैं तथा स्थापित झूठी मान्यताओं पर प्रहार करते हैं। 'दृष्टिदोष' कविता में हम ऐसे सदियों से चले आ रहे अनेकानेक 'असत्य' पहचान पाते हैं—

तुमने निर्दोष अहिल्या के पाषाणीकरण में
इंद्र व चंद्र सदृश पुरुषों की
निर्लज्जता नहीं देखी
पुरुष के वहशीपन में भी सदैव
नारी का दोष ढूँढ़ा है तुमने

× × ×

तुमने देखा है
एकलव्य के अँगूठे की रक्तिम धार में
राजतंत्र का स्थायित्व

× × ×

तुमने द्रौपदी के चीरहरण में
दुशासनों की क्रूरता तो देख ली
पर पत्नी को दाँव पर लगाने की
महानायकों की नपुंसकता नहीं देखी

इस कविता का समापन जिस आशावादिता के साथ होता है, वह भी उल्लेखनीय है—

समष्टि की कीमत पर
व्यष्टि की स्थापना का फलसफा बुनती
तुम्हारी यह व्याख्या
ले डूबेगी समूचे भावी इतिहास को
या परिवर्तन का नया झोंका

उड़ा देगा इस खोखले बौद्धिक दुर्ग को
और होगी नवीन सहज आस्थावान संरचना।

एक तरफ यदि कवि का चिंतक रूप एक पाठक को बौद्धिक ऊर्जा प्रदान करता है, वैचारिकता को जाग्रत् करता है, वहीं एक सक्रिय सामाजिक कार्यकर्ता की तरह आम इनसानों के जीवन में गहराई से उतरकर उनके दुख-दर्द को न केवल शिद्दत से महसूस करता है, वरन् उसे अभिव्यक्ति देकर पाठक की संवेदनाएँ जगाता है। 'दो सौ रुपए का चैक' एक ऐसी ही कविता है, जिसमें एक फसल बरबाद होने से किसान की विपत्ति तथा शासन से मिलनेवाली संवेदनहीनता एवं धोखे का मार्मिक चित्रण है—

अब की फसल से छुड़वा लूँगा
गहने बीबी के, जो
साहूकार के पास गिरवी हैं
कॉपरेटिव का सचिव
अब धौंस न जमा पाएगा
और कर्ज के बहाने
घर की औरतों से
सत्कार पाने की भौंडी
हरकत नहीं कर पाएगा।

× × ×

बाढ़ आई भी तो क्या
जो है अपनी सरकार
देखा नहीं चुनावों में
कितनी चिंता थी, हम किसानों की।

'स्वप्न! शहादत का' भी ऐसी ही एक मार्मिक कविता है, जहाँ शहीद की उस विधवा का दर्द है, जिसके पति की शहादत पर खूब

जलसा–जुलूस, देशभक्ति के नारे, पुष्पवर्षा आदि तमाशे होते हैं, किंतु बाद में सबकुछ भुला दिया जाता है—

बच्चों के खिलौने के लिए
रुदन को
देखती है कभी निरभ्र आकाश की ओर
कभी उस फोटो को
कभी उस पगडंडी को
जिधर से मृत्यु का विजयरथ आया था
देखती है कृतज्ञ राष्ट्र के उस सन्नाटे को
जो डाल चुका है, उसे विस्मृति के गर्भ में।

तमाम निराशाजनक, चिंताजनक समाजिक परिदृश्य राजनीतिक परिदृश्य में उपजने वाले आक्रोश विद्रोह के बीच कवि मात्र आलोचना के स्वर ही नहीं गुँजाता है, वरन् एक नए समाज, नए देश, नई दुनिया का स्वप्न भी सौंपता है, परिवर्तन का मानचित्र भी प्रस्तुत करता है और यही साहित्य का दायित्व भी है—

ध्वस्त करने होंगे
निरर्थक मुद्दों के पहाड़
सँवारने होंगे धूल–धूसरित
शाश्वत मूल्यों के खँडहर
करना होगा सावधान
वर्तमान पीढ़ी को
नए गढ़े जा रहे
विषधर प्रतिमानों से
बचाना होगा खुद को
नव प्रतीकों के सौदागरों से

× × ×

तोड़नी होगी उदासीन खामोशी
लाना होगा सैलाब
बुलंद आवाजों का
जिसमें बहा देना होगा
वैचारिक खर-पतवारों को
ढाहना होगा व्यामोहजनित
झूठ के ईंट और फरेब के गारे से निर्मित
आततायी दुर्ग को

प्रस्तुत कविता-संग्रह को पढ़ते हुए दुष्यंत कुमार की पंक्तियाँ भी खूब याद आती हैं—"कैसे मंजर सामने आने लगे हैं, गाते-गाते लोग चिल्लाने लगे हैं।"

भले ही कवि नागेंद्र की कविताओं में विद्रोह तथा आक्रोश के स्वरों की गूँज अधिक सुनाई देती है, किंतु इस कवि के भीतर एक अत्यंत सुकोमल भावनाओं वाला 'कवि' भी मौजूद है, जिसकी झलक हमें 'मैं क्या करूँ' जैसी प्रेम कविता में मिलती है—

नागफनी के कँटीले पत्तों की तरह इच्छाओं का फैलाव लिये
मैं तुम्हें पाने की लालसा मात्र तक सिमटा
अपनी कमजोरियों को कोसता
नियति के मादक कुचक्र में पिसता
तुम्हें निरीह बन निहारने को अभिशप्त
मैं क्या करूँ ?

'तलाश! मेरे अभीष्ट की' जैसी कविता भी इसी बात का प्रमाण देती है कि उनकी काव्य प्रतिभा के कितने आयाम हैं और किन-किन क्षितिजों का स्पर्श करती है। एक बिल्कुल अलग एवं अनूठी आस्वाद की यह भावपूर्ण कविता पाठक को एक अलग ही भाव-संसार में ले जाती है—

सामीप्य एवं दूरियाँ
दोनों के कूलों के बीच
थिरकते जल प्रतिबिंबों
या कणों की भाँति
एक निरुद्देश्य भटकन को ओढ़ती
देखना है मेरी तलाश
कब मेरे वजूद को
मिटाती है तुममें समाकर

इस संग्रह पर चर्चा करते हुए समर्पण पृष्ठ पर भी ध्यान अवश्य जाता है। जहाँ प्राय: कवि अपना संग्रह माता, पिता या अन्य महत्त्वपूर्ण व्यक्तियों को समर्पित करते हैं, यह संग्रह आम जनमानस को समर्पित किया गया है, जिसकी पीड़ा ने कवि की आत्मा को झकझोरा और कुछ लिखने को प्रेरित किया। साथ ही 'लेखकीय' का यह वाक्य भी उल्लेखनीय है—

"मैं नहीं जानता कि शास्त्रीय पद्धतियों की दृष्टि से मेरी भावनाओं से नि:सृत ये सहज पंक्तियाँ किसी कविता की विद्या के प्रकोष्ठ में आती हैं।"

संग्रह की समस्त कविताएँ पढ़कर यह कहना जरूरी हो जाता है कि कवि को रचनाकर्म जारी रखना चाहिए, क्योंकि कविता संवेदना से कविता बनती है, शास्त्रीयता से नहीं।

प्रस्तुत कविता-संग्रह मात्र कविता-संग्रह न होकर एक दस्तावेज है वर्तमान समय की पीड़ाओं का, विसंगतियों का, विषमताओं का, लोकतंत्र के नाम पर होनेवाले छलावों का, समाज में प्रतिष्ठा पा रहे अनेक स्वनामधन्य 'विभूतियों' का, जो अपने मुखौटों से प्रभावित कर भावनात्मक शोषण करते हैं। भोले-भाले जनमानस को छलते हैं। उनकी समस्याओं का निवारण करने की बजाय उनकी समस्याओं का कारण बनते हैं। प्रस्तुत

कविता-संग्रह निश्चय ही संवेदनहीन, अमानवीय होते जा रहे समय में कविता का, साहित्य का सार्थक हस्तक्षेप है, जो पाठक को सचेत करता है, सोचने को विवश करता है, उसे बौद्धिक दृष्टि से समृद्ध करता है तथा समाज के शोषितों, पीड़ितों, वंचितों की पीड़ा के प्रति संवेदनशील भी बनाता है। इस संग्रह का भरपूर स्वागत किया जाना चाहिए।

—लक्ष्मी शंकर वाजपेयी

लेखकीय

प्रत्येक मानव-मन अनुभूतियों के गलियारे से गुज़रता रहता है। अंतर सिर्फ इतना होता है कि अनुभूतियों की तीव्रता और गहनता का विस्तार कैसा है? कोई भी अनुभूति अभिव्यक्ति की अपेक्षा करती है। यदि गहन अनुभूति एवं उसका अभिव्यक्तीकरण सहज और स्वतःस्फूर्त हो जाए तो वह सर्जना का आकार ग्रहण करने लगती है। इसलिए सर्जना को किसी विशिष्ट विधा के साँचे में सीमित नहीं किया जा सकता। यह उसी प्रकार है, जैसे गंगोत्तरी से निकलने वाला जल-प्रवाह हिमखंडों व चट्टानों से होकर गुज़रता है, किंतु जल-प्रवाह का कोई निर्धारित मार्ग नहीं होता। जल की मात्रा, प्रवाह की गति और चट्टानों का सामर्थ्य समवेत रूप से इसकी दशा और दिशा तय करते हैं और उन्हीं के अनुरूप इसकी गतिशीलता भी निर्धारित होती है।

जब अनुभूति का अभिव्यक्तीकरण नितांत 'निज' से ऊपर उठकर सामाजिक सरोकारों से संपृक्त होने लगता है तो सहज रूप से संप्रेषणीय हो जाता है और उसे हम कविता के रूप में संज्ञायित करते हैं। शायद ही कोई ऐसा मानव मन हो, जो इस प्रक्रिया से न गुज़रता हो। मैं भी उसी मार्ग का एक छोटा-सा राही हूँ। जब भी किसी श्रमिक की पीड़ा ने मेरे अंतस को झकझोरा, सामाजिक संघर्षों की तपिश महसूस हुई, हाशिए पर खड़े व्यक्ति की पीड़ा का बोध हुआ, नारी-अस्मिता की छटपटाहट दिखी, नौकरशाही के क्रूर तंत्र की चुभन को अनुभूत किया और ईश्वर के

निजीकरण के बढ़ते उन्माद से उत्पन्न आक्रोश दिखा तो अनुभूतियों की कुछ पंक्तियों में स्वतः ही अभिव्यक्ति हो गई।

समकालीन युगधर्म की अनेक विद्रूपताओं का दंश जब चुभा तो लेखनी कुछ लिखने के लिए मेरे अंतस को मज़बूर करने लगी। मैं नहीं जानता कि शास्त्रीय पद्धतियों की दृष्टि से मेरी भावनाओं से निःसृत ये सहज पंक्तियाँ किसी कविता की विधा के प्रकोष्ठ में आती हैं या नहीं, मेरी सहज संवेदना के निकष की उपादेयता है या नहीं, परंतु इससे ऊपर उठकर कुछ सुधी मित्रों के सुझाव पर अपनी इन पंक्तियों के समुच्चय को प्रकाशित करने का विचार मन में आया, जो इस संकलन के रूप में आविर्भूत हुआ।

साहित्य-पथ की यात्रा के इस पड़ाव को पार करने में सहयात्री के रूप में जीवन-संगिनी हर कदम पर उपस्थित रहीं, जिन्होंने उन्हें दिए वक़्त की चोरी की कभी शिकायत तक नहीं की, बल्कि काव्य-लेखन की इस राह में पग-पग पर मेरा उत्साहवर्धन किया। शब्दों के रूप में ढली मेरे अंतस की पीड़ा को अपने चित्रों के माध्यम से आकार देने वाले श्री संतोष मिश्र का आभ्यंतर की गहराइयों से आभारी रहूँगा।

अंत में मुझे विश्वास है कि पाठकों का आशीष प्राप्त होगा। किंतु यदि कोई आलोचना भी प्राप्त हुई, तो वह मेरे भावी सृजन-पथ का पाथेय होगी।

अनुक्रम

दृष्टिदोष

हे ! अतीत के द्रष्टा,
समालोचना के ठेकेदार,
तुम्हारी व्याख्या
मानवता की लरजती लाश पर
एक नपुंसक अट्टहास रही है,
जो व्यवस्था के चूलों को देती हैं
एक इस्पाती आधार,
परिवर्तन के छलावे का
विषधर रसपान करती।

तुमने गर्भवती माँ के परित्याग को
मर्यादा की अग्नि में शहादत कहा है,
और ढूँढ़ा है, उसमें जन-आस्था का बिंब।
वैयक्तिक अहं की ज्वाला में
झुलसती नारी के पति को
पुरुषोत्तम कहा है तुमने।

एक आश्रमपोषित बाला के
छलावापूर्ण बलात्कार में तुमने

देखा है चक्रवर्ती का सौंदर्य-बोध,
वीर पुत्र के प्रति राजकीय मोह में
देखी है मिलन की तड़पन,
तिरस्कार का किया है समाधान
अभिशप्तता का अवलंब लेकर।

क्या पता अभिशाप का कारक
वांछित आतिथ्य—
कौन सी नवीन पीड़ा देता
उस वन-कन्या को,
जिसका दोष था—
अल्हड़ता, सहज प्रेम विह्वलता।

तुमने निर्दोष अहिल्या के पाषाणीकरण में
इंद्र व चंद्र सदृश देवों की
निर्लज्जता नहीं देखी,
पुरुष के वहशीपन में भी सदैव,
नारी का दोष ढूँढ़ा है तुमने,
किया है पुरुष का स्थापित दंभ,
नारी का उद्धार भी पुरुष के
पाद-स्पर्श में व्याख्यापित कर।

तुमने देखा है
एकलव्य के अँगूठे की रक्तिम धार में
राजतंत्र का स्थायित्व।
मरे नरो व कुंजरों, में देखी है

संवेदना की कुत्सित मौत नहीं,
बल्कि धर्मनिष्ठ योद्धा की
छोटी सी भूल महज एक।

तुमने द्रौपदी के चीरहरण में
दु:शासनों की क्रूरता तो देख ली,
पर पत्नी को भी दाँव पर लगाने की
महानायकों की नपुंसकता नहीं देखी।

भीष्म, द्रोण, कृपाचार्यों की
अमानवीय उदासीनता को भी
मात्र विवशता कहकर टाला है तुमने।

तुमने अभिमन्यु की मौत का
उदात्तीकरण तो किया,
पर पिता के गुरु द्वारा
रचित व्यूह की वांछित भर्त्सना
भूल गए शायद।

तुम्हें सीता की ऐकांतिक सिसकियों,
द्रौपदी की मर्मांतक पीड़ा,
शिष्य की आस्था पर सांघातिक क्रूरता,
अबोध शिशु की निर्मम हत्या,
वन कन्या की कोमलता से हुए धोखे
से क्या लेना है ?

तुम्हें करना है स्थापित—
राम, कृष्ण, युधिष्ठिर
भीष्म और दुष्यंत को।
इतिहास के उन तमाम विजेताओं को,
और दुहाई देते हो—
धर्म, प्रेम, न्याय और आस्था की।

सीता, शकुंतला, द्रौपदी के आँसुओं से
अविरल सींचती,
एकलव्य, अभिमन्यु की रक्तरंजित धार से
विजय के उन्माद में कथानक रचती
समष्टि की कीमत पर
व्यष्टि की स्थापना का फलसफा बुनती
तुम्हारी यह व्याख्या,
ले डूबेगी समूचे भावी इतिहास को,
या परिवर्तन का नया झोंका
उड़ा देगा तुम्हारे इस खोखले
बौद्धिक दुर्ग को और
होगी नवीन सहज आस्थावान् संरचना।

□

श्रमिक हूँ मैं!

तमाम अभिजात्य पहचान का मूल
स्वयं स्वाधीन अस्मिता को तड़पता,
'लघु' और 'महामानव' की
वीथियों में उलझता,
भावशून्य हो सिसकता
कौन हूँ मैं?

उलझी बौद्धिक परिभाषाओं
प्रमेयों, शाब्दिक जाल को
निरीह बन निहारता
अपनी परिभाषा को गढ़ता
कौन हूँ मैं?

संसद् के गलियारों की खोखली दहाड़ में
तलाशता अपना निरर्थक अभीष्ट,
खोयी 'निजता' के रक्त से
राजनीतिक पिपासा का अविराम सिंचक
कौन हूँ मैं?

चिंतकों के बौद्धिक एहसास की कारा में बंद,
तंत्र की मकड़जाल में पिसता
संगोष्ठियों में पाता नकारा सहानुभूति,
मनोरंजक मानसिक जुगाली का प्याला,
कौन हूँ मैं?

व्यवस्था-परिवर्तन के फलसफों की गूँज,
सत्याग्रहों का मूल,
सशक्त क्रांतियों का त्रासद शूल,
कुकुरमुत्ते की तरह उभरते
उदारवादी संगठनों की नपुंसक आस्था
कौन हूँ मैं?

हूँ दार्शनिकों का दर्शन,
साहित्यकर्मियों की अंतर्वस्तु,
नक्सलियों का उर्वरक हूँ,
नितांत स्वयंसेवा हूँ स्वयंसेवियों की,
नियोक्ता पूँजीपतियों का
कामचोर आवारा हूँ।

नौकरशाहों के संवेदनहीन
कँटीले दंश को सहता
अशक्त बेसहारा हूँ,
बुद्धजीवियों का बौद्धिक सहारा हूँ,
हूँ समाजसेवियों का बेचारा,
राजनीतियों का सहज-सुलभ चारा हूँ।

कोरे आँसुओं के छलावे में
'निज' को भुलाता,
परिवर्तन की तड़पन से दूर
गीता के किसी अवतारी
महामानव की प्रतीक्षा में डूबा,
सर्पिल मानव की मानवतावादी
गुंजलक में उलझा,
वही चिरस्थायी
अंतहीन यातना का सहज भोक्ता
आपका ही पीड़ित 'लघुमानव',
हाँ! अदना-सा श्रमिक हूँ मैं।

□

मैं क्या करूँ?

अपेक्षाओं के बेशर्म फैलाव
या स्थापित सीमाएँ,
कौन देती हैं
चुभती हुई पीड़ा का दंश,
मेरे समूचे वजूद को विदीर्ण कर ?

यह यक्ष प्रश्न
गूँजता है मेरी धमनियों में,
तिक्त एहसास देते हुए कि
मैं जानता हूँ तुम्हारा विस्तार
मेरी स्पर्श-शक्ति से परे है,
घ्राण-शक्ति से भी बहुत दूर!
पर उबलता हुआ उच्छ्वास
इस तथ्य को पचा नहीं पाता।

मैं 'राम' तो नहीं, जो
शिव-धनुष को तोड़कर
स्वयंवर का नायक बन सकूँ,
मैं 'रावण' भी नहीं कि—
संन्यस्थ भिक्षुक के वेश में

तुम्हें तम्हारी लक्ष्मण रेखा के
वृत्त से बाहर निकालकर
अपहृत होने के लिए
बाध्य कर सकूँ।

मैं देवराज तो नहीं कि—
देवत्व के छद्म में
छलकर तुम्हें पा सकूँ।

मैं ब्रह्मर्षि विश्वामित्र भी नहीं कि—
तुम्हें अपनी तपस्या को भंग करने की
विधा के रूप में स्थापित कर सकूँ।

मैं 'कृष्ण' तो नहीं कि—
योगेश्वर रहकर,
प्रेमपाश में बाँधकर
तुम्हें गोपियों की नायिका
राधिका-सी रच सकूँ।

मैं 'अर्जुन' तो नहीं कि—
लक्ष्य बेधकर,
भाइयों में समान वितरण हेतु
तुम्हें पा सकूँ।

मैं 'पृथ्वीराज' भी नहीं कि—
नैतिकता की लाश पर
संयोगिता-सा हरण कर सकूँ।

संभावनाओं एवं समस्याओं के
मकड़जाल में उलझा,
नागफनी के कँटीले पत्तों की तरह
इच्छाओं का फैलाव लिये
मैं तुम्हें पाने की लालसा मात्र तक सिमटा,
अपनी कमजोरियों को कोसता,
नियति के मादक कुचक्र में पिसता,
तुम्हें निरीह बन निहारने को अभिशप्त,
मैं क्या करूँ ?

सोचता हूँ अपनी इच्छा को
जला कर राख कर दूँ,
पर भय है कहीं यह राख
उर्वरक का स्वरूप न पा ले,
और पोषित न करने लगे
उस कँटीले वृक्ष को, जो—
छाँव के भ्रम में फिर से
कैद कर दे तुम्हें—
तुम्हारी सीमाओं में,
मैं क्या करूँ ?

□

दो सौ रुपए का चेक

खेतों की मेंड़ पर,
विजेता योद्धा की तरह उन्माद में—
थिरकता, सावन के गीत गाता,
नई योजनाओं का
स्वप्न देखता,
फसलों की हरियाली को
हृदय में उतारता,
पत्तियों की सरसराहट में
नव-संगीत अनुभूत करता,
शृंखलागत स्वप्नों को सूचीबद्ध करता,
होरी मदहोश-सा
अथक चलता चला जा रहा था।

अब की फसल से छुड़वा लूँगा
गहने बीवी के, जो
साहूकार के पास गिरवी हैं,
कॉपरेटिव का सचिव
अब धौंस न जमा पाएगा,
और कर्ज के बहाने
घर की औरतों से

सत्कार पाने की भोंड़ी
हरकत नहीं कर पाएगा।

जवान होती बिटिया का
कर देगा पीले हाथ, और
कराएगा शहर के
अस्पताल में इलाज
दर्द से कराहती माँ का।

दशहरे के मेले में
अबकी बच्चों के साथ
होगा धमाल,
बाढ़ भी आई तो क्या?
जो है अपनी सरकार,
देखा नहीं चुनावों में
कितनी चिंता थी
हम किसानों की।

कुछ दिनों बाद आया
सैलाब और नष्ट फसलें
देखकर हताश-निराश,
वह कभी अपने सपनों को सोचता,
कभी निहारता बादलों की ओर,
तो कभी कोसता भाग्य को,
पर मन में था विश्वास
कि व्यवस्था करेगी मदद,

हताश–निराश तब और हुआ,
जब पटवारी के दरवाजे पर
एड़ियाँ घिसने
व चढ़ावा चढ़ाने के
बाद मिला दो सौ रुपए
का एक चेक।

□

तुम्हें स्वीकृति है

तुम अकाल मौत मरते
कुपोषित बच्चों को
मात्र आँकड़ा मान सकते हो,
इसका तुम्हें अधिकार है।

तुम खेतों, खलिहानों में
जी-तोड़ मेहनत करके भी
जीवन से हताश-निराश अन्नदाताओं की
श्रृंखलाबद्ध मौतों के प्रति
उदासीन हो सकते हो,
इसकी इजाजत है तुम्हें।

अपनी किस्मत और अस्मिता
के लिए निरंतर भयभीत,
अमानवीय पैशाचिक कृत्यों की
शिकार आधी आबादी के प्रति
अक्रियाशील वादों एवं जुमलों को
क्रूरता के शब्दालंकरण तक
सीमित कर सकते हो,
इसकी अनुमति है तुम्हें।

तुम रोजगार के लिए आंदोलित,
अपनी भूख मिटाने में
असफल प्रयास से थके-हारे,
व्यवस्था की आग से झुलसे युवाओं पर
लाठी-गोली चलवा सकते हो,
इसके लिए सशक्त हो तुम।

तुम कल-कारखानों में काम करनेवालों,
नालों-सीवरों में गंदगी को साफ करनेवालों के
अमर्यादित, कुंठित, लाचार जीवन के प्रति
रख सकते हो छद्म करुणा से सिक्त, तिरस्कृत भाव,
इसकी इजाजत है तुम्हें।

क्योंकि तुमने झूठ-फरेब,
लोभ-मोह के पाश में बाँधकर,
अपने शासक होने की
वैधानिकता जो हासिल कर रखी है,
तुम रहनुमा हो, परवरदिगार हो,
इसकी स्वीकृति है तुम्हें।

□

स्वप्न! शहादत का...

उसकी पथराई आँखों में
सहसा चमक आई,
जिसमें गतिशील हुआ
एक सुखद चलचित्र,
उमड़ता हुआ जज्बाती सैलाब
'भारत माता की जय' के
गगनभेदी नारे।

कुछ सेना के जवान,
कुछ पुलिस एवं
सरकार के बड़े हुक्मरान,
और उनके साथ
आकाश को धूल-धूसरित
करनेवाली अनियंत्रित भीड़।

अनवरत पुष्प वर्षा
पग-पग, क्षण-क्षण,
डगर-डगर अभिनंदन,
विजयी योद्धा-सा स्वागत,
मृत्यु के शोक-गीत के साथ

‘अमर रहे’ का जोशीला स्वर
शत्रु–देश को ललकारता।

कुछ चीखते, कुछ सुबकते,
कुछ दिखाते संकल्प
मर–मिटने को भारत की आन पर,
कुछ तिरंगे, कुछ तलवारें
शौर्य प्रदर्शन की हरकतें,
लगा वह ‘राष्ट्र–विधवा’ है,
उसकी सास राष्ट्र–माँ,
उसके बच्चे, जैसे राष्ट्र–शिशु।

इन उद्घोषों के साथ
तड़तड़ाती तोपों की सलामी,
अग्नि की उठती लपटें
जीवन–साहचर्य को
भस्मीभूत करती हुई।

उनके बीच उठती हुई
तरंग ध्वनियाँ
चाँद–सितारों के अस्तित्व तक
शहादत की कहानियों के
अमरत्व का ऐलान करती।

अचानक! चलचित्र विच्छेदित।
वह देखती है,

अपनी रोगी, घिसटती
लँगड़ाती सास को—
इलाज की प्रतीक्षा करती।

बच्चों के खिलौने के
लिए रुदन को,
देखती है कभी निरभ्र—
आकाश की ओर।

कभी उस फोटो को,
कभी उस पगडंडी को,
जिधर से मृत्यु का
विजय-रथ आया था।

देखती है कृतज्ञ राष्ट्र के
उस सन्नाटे को,
जो डाल चुका है
उसे विस्मृति के गर्भ में।

फिर भी अंदर से आता है
एक अनिर्वचनीय संकल्प कि—
बनाना है बच्चों को
एक उद्‌भट योद्धा, सेनानी,
और करना है पूर्ण
उस शहादत के स्वप्न को।

□

देश

जब भूगोल के प्रवक्ता से पूछा
भाई देश क्या है?
उत्तर था—
मानचित्र पर एक भौगोलिक सीमा,
जब इतिहासज्ञ से पूछा,
तो जवाब था—
दीर्घ काल में विकसित
सामाजिक–राजनैतिक इकाई।

जब साहित्यकार से पूछा,
तो खिचड़ी दाढ़ी पर हाथ फेरते बोला—
जनाब देश एक सांस्कृतिक इकाई है।

जब पूँजीपति–साहूकार से पूछा,
तो चश्में का फ्रेम ऊपर किया, और
कुटिल मुसकान देते हुए बोला—
देश, जो हम से कुछ टैक्स लेकर
निर्बाध लूट की छूट देता है।

जब एक नारी से पूछा, तो
वेदनाग्रस्त हो बोली—
देश, जो स्वयं की रक्षा की अपेक्षा करे

अमर वीर सपूतों से और
बदले में दे—बलात्कार, पीड़ा और अपमान।

जब एक राजनेता से पूछा,
देश क्या है ?
तो प्रगतिशील तोंद पर
हाथ फेरते बोला—
जहाँ तक तंत्रात्मक
लूट की सीमा बढ़ा लो।

जब नौकरशाह से पूछा तो बोला—
जहाँ नौकर महलों में
और मालिक फुटपाथों पर रहता हो।

जब एक शिक्षित युवक से पूछा, तो बोला—
जो स्वयं के अस्तित्व के लिए
मेरे बलिदान की अपेक्षा करे,
और बदले में दे दर-दर की ठोकरें
और बेरोजगारी।

जब एक अपंग भिखारी से पूछा
तो सहज भाव से बोला—
साहब, भूख के सिवा आज तक
मैंने किसी को नहीं जाना,
इसका पता पूछ लेना
किसी अट्टालिकावाले लालाजी से।

□

टूटपूँजिया बुद्धिजीवी

परिवर्तन! परिवर्तन?
भौंहों की शिकन
चंद शाब्दिक विभ्रम,
गंभीर,आलोकहीन मुद्रा
बंद कमरों की जुगाली,
क्या सार्थक उपक्रम है?

कॉफी के प्यालों की खनखनाहट
लगता है क्रांति की हुंकार है,
सिगरेट के धुएँ का उभरता छल्ला—
मानो शोषक वर्ग के लिए बेड़ी है।

गर्व है मुझे अपने निजत्व पर,
अपने बौद्धिक विश्लेषण के दंभ पर,
संवेदना के सूखने का नाज है मुझे,
क्योंकि मैं सोचता हूँ
इस युग-विद्रूप में भी
सहानुभूति है मुझमें—
भूख से बिलखते,

ठंड से सिकुड़ते बहुजन से,
हाँ! मात्र सहानुभूति।

मैं समाजिक चिंतक हूँ,
परिवर्तनाकांक्षी हूँ मैं!
मानवता की समग्र पीड़ा समेटे
पूर्ण इकाई, संपूर्ण हूँ मैं!

जठराग्नि से पिघली
बहती पीड़ा की धार, जब
देखता हूँ किन्हीं आँखों में,
तो अध्ययन का प्रिय चिंतक
कार्ल मार्क्स जीवंत हो उठता है,
और व्यक्त हो मुझे दे जाता है आनंद
बौद्धिक होने का।

मैं सोचता हूँ—
इन्हें लड़ना चाहिए,
आखिर ये अपने लिए भी
लड़ नहीं सकते क्या?
क्या इन्हें चिंता नहीं अस्तित्व की,
फिर वहीं खड़ा हो जाता है सार्त्र,
विचारों के गुम्फन में उफनता हुआ,
मैं सोचता हूँ—
व्यक्ति ही प्रधान है,
समाज तो है मात्र उसकी समग्रता।

उलझाव में पड़ा था कि
स्मृति पर उभरता है
सार्वभौम सापेक्षता का सिद्धांत
अरे! कुछ नहीं
सब तो सापेक्ष है
क्या व्यक्ति की अस्मिता?
क्या समाज की समग्रता?
प्रश्न है मात्र दृष्टि का।

फिर कैसा अंतर्विरोध?
गूँजता है मस्तिष्क की शिराओं में
एक दीर्घ स्वर—
इन्हें उठना चाहिए
इन्हें लड़ना चाहिए।

पर जब कहीं लड़ने का समाचार
पत्र-पत्रिकाओं में पढ़ता हूँ
तो कौंधता है ज्वलंत प्रश्न
सार्वभौम मानवता का
अरे खून क्या बहाना?
सब हैं तो भाई ही।

गूँजती है गांधी की आवाज
हिंसा क्यूँ? अहिंसा, अहिंसा मात्र।

पता नहीं क्यों ये अंधे हो गए,
मानव का खून दिखता नहीं क्या?

परिवर्तन का कोई और रास्ता
सूझता नहीं क्या?
जो सभी दर्शनों का निचोड़ हो,
समन्वय का पूँजीभूत–रूप हो।

मैं उन सारे दर्शनों को जानता हूँ,
संस्पर्श है मुझे सबकी सतह का,
सब मेरे हैं, पर मैं किसी का नहीं,
यही मेरी कमजोरियों का स्रोत है,
मेरी प्रतिबद्धता का अभाव ही
कारण है मेरी उदासीनता का,
या पराजित मनःस्थिति
समन्वय के शोध का गाइड है।

मेरी यंत्रणा, मेरी खोखली संतुष्टि,
इन सबका कारण—
मेरी निजता का
दर्शनों की परतों में उलझाव है।
इस द्वंद्व का अध्येता
मेरी चेतना का भास्कर ही
मेरी खोज है,
पर भय है, कहीं यह
समरसता की निष्क्रिय किरण न बिखेरे।

□

एहसास अपने होने का

पैदा होने का एहसास
उस क्षण नहीं था, जब
अतुलनीय पीड़ा सहते हुए
मेरी माँ ने
कराह में सृजन को
महसूस करते हुए
मुझे जना था।

अनुभूति पैदा होने की तब भी न थी,
जब कभी घुटनों के बल,
कभी टखनों के सहारे
भावपूर्ण सहारा देकर मुझे
मेरी माँ ने अपना बोझ
उठाने को कहा था।

बोझ सामाजिक झंझावातों का नहीं,
मात्र अपने दो पंजों पर
शरीर के शेष मांसल-पिंड का,
तब बोध गहराया था

मेरे जेहन में—
अपाहिजपन का।

यह अपंगता आज भी
नित नए कलेवर में
जाने-अनजाने, चुपके या
जताकर, दस्तक देती रहती है
जीवन के हर मोड़ पर,
और याद दिलाती है
उस पुरुषार्थ की
जो अपना भी बोझ
न उठा पाने की नपुंसकता
की भित्ति पर खड़ा है।

पैदा होने का एहसास तो
तब भी नहीं हो सका
जब मेरे क्लांत मन को
स्निग्धता एवं माधुर्य देने के निमित्त
मेरी माँ लोरी व दुलार की थाप देकर
सुलाने का प्रयास करती थी।

पर मैं सोया तभी,
जब किसी अनिष्ट की
आशंका से डराया गया मुझे,
कभी प्रकाश का
तो कभी अँधेरे का भय,

भूत का कभी,
तो कभी उस साधु का
जो घूमता है मात्र
अबोध बच्चों का सिर काटने को।

और तभी से ये सारे भय
मेरे प्रिय से हो गए हैं, पर
काश! साधुओं द्वारा
सिर काटने के माँ के अर्थ को
समझा होता गहराई से,
तो शायद आज के संदर्भों में
अपना वजूद बचा लेता मैं,
पर उसने तो उस समय
मात्र लोरी की जगह ली थी।

पैदा होने का एहसास तो
तब गहराया,
जब स्वयं को पाया
सामाजिक यथार्थ की
नागफनी के कँटीले पत्तों के बीच,
जब हर ओर मुड़ने पर
मिली एक तीखी चुभन।

एहसास गहराया था तब
जब देखा सूरज की तपिश में
गिट्टी तोड़ते हुए मजदूर—

अधनंगे कलुआ को, जो
असफल प्रयास करता
जिंदा लाश के रूप में
बचाए रखने का खुदको।

एहसास और गहराया तब,
जब देखा था भूखी कंकाल मात्र
उस कुंतुली को, जो
पीठ पर बच्चे को बाँधकर,
दिनभर की मेहनत के बाद
पाती थी मालिक की झोंपड़ी से
दो अधसड़े आलू, नमक
और दो अधजली जूठी रोटी,
और दूध के नाम पर
खून निचोड़ते बच्चे को
थपकी देकर सुलाती और गीत गाती।

एहसास और गहराया था
जब स्वार्थों के वशीभूत,
मानव को मानव से लड़ते
कीड़ों की तरह मरते हुए देखा।

जब 'स्व' के पोषण के लिए
अनेक प्राणों का विवेक
शून्यहीन होते देखा था।

तब प्रश्न उठा कि
क्या इसीलिए माँ ने
सही थी असहनीय पीड़ा?
क्या यही है सृजन के सुख में
वेदना को झुठलाती माँ के प्रति कृतज्ञता?

एहसास और गहराया,
जब अनमने मन से सोचा था
उस कटु–यथार्थ मौत के बारे में
कि मैं एक दिन चुपके से
जब चला जाऊँगा, और
लोग सोचेंगे कि चलो,
धरती पर बोझ एक तो कम हुआ।

इन सबने मेरे पैदा होने को
मेरे सामने इतना नंगा कर दिया
कि सोचता हूँ,
क्या जन्मदिन के उत्सव का
औचित्य है कहीं?
पर है
अपनी माँ के औदात्य–सृजन
की पीड़ा के प्रति श्रद्धानत होने का!

जिससे मिल सके यह
अनिवर्चनीय प्रेरणा कि
सृजन के लिए तो

पीड़ा को सहचरी बनाना ही होगा,
भावी की फसल को
सींचना ही होगा
अपने खून से,
यदि स्थापित रखना है
माँ से मिली प्रेरणा की
निरंतरता के सारे आयाम को।

□

नास्तिक हूँ मैं!

भूख से सिकुड़ती-सिमटती
अँतड़ियों को जब देखता हूँ,
पढ़ता हूँ पत्र-पत्रिकाओं में
खाद्यान्नों के अभाव में
दस्तक देती विकराल मौत के
भयावह समाचार,
तो याद आती है तुम्हारे
यज्ञ की समिधा,
देवताओं के चतुर्दिक बिखरे,
पुजारी के पाँव से रौंदे
अनगिनत लड्डुओं के ढेर।

संसाधनों के अभाव से जूझते,
व्याधि से तड़पते-मरते
लघुमानवों के बिलखते परिजनों को
जब देखता हूँ,
तो दृश्य पटल पर कौंधती है
उपासना स्थलों की रत्नजड़ित प्राचीरें,
स्वर्ण-मुकुटों से सुसज्जित
तुम्हारे ईश का प्रातिनिधिक स्वरूप।

देखता हूँ खुले आकाश का वितान ओढ़े
यायावर जीवन जीने को अभिशप्त,
अवसादग्रस्त, असहाय वंचितों की
जीर्ण-शीर्ण झोंपड़ियों को,
तो खींचते हैं ध्यान,
विशिष्ट पाषाणों से सुशोभित
तुम्हारे उपास्य के गगनचुंबी प्रासाद।

कुपोषित नवजात शिशुओं को
कृशगात माँ के रुग्ण स्तनों को
नोचते-बिलखते जब देखता हूँ,
तो उभरता है दृश्य
हवा को शुद्ध करता यज्ञों का घृत-धूम
और शिवलिंग को नहलाता
दूध से भरा भारी कुंभ।

ठंड से बिलखते-मरते
जन-जन को देखता हूँ,
जब देखता हूँ
फुटपाथों पर
चीथड़ों से
लाज को ढकने का
असफल प्रयास करती अबला को,
तो दिखती हैं
तुम्हारे पीरों की मजारों पर
बिछती परत-दर-परत चादरें।

तुम देवियों को खुश
करने के लिए पशु–वध
तो करते आए हो,
पर नर–वध का यह
अनोखा तरीका भी अभिनंदनीय है!
तुम खून इसलिए चढ़ाते आए हो
कि संकेत दे सको,
जब 'महाशक्ति' 'देवी' 'पैगंबर'
खून पीना या देखना
पसंद करते हैं,
तो तुम्हें अपना खून
उपलब्ध कराना ही होगा
शक्ति के वर्तमान अवतारों को।

तुम चढ़ावे चढ़ाते रहे तो
देवता को,
पर उसे खाया सदैव
कुत्तों, कौओं और चील्हों ने
मैं नहीं कहता इन जीवों
को खाने का हक नहीं,
पर आदमी की कीमत पर नहीं,
आदमियत की लाश पर नहीं।

मैं जानता हूँ तुम
लांछित करोगे मुझे
नास्तिक कहकर,

पर मैं
तुम्हारी छदम आस्तिकता को नकारता हूँ,
जो ऐसे आराध्य का सृजन करे
कि मृत्यु-पश्चात् तो मोक्ष दे, पर
जीने के लिए रोटी नहीं,
ओढ़ने को वस्त्र नहीं,
विश्राम को छत नहीं,
पनपने को समानता नहीं।

नकारता हूँ विषमता के जनक
तुम्हारे द्वारा गढ़े गए
ईश्वर के इस साजिशी स्वरूप को,
हाँ, नकारता हूँ मैं!

□

उड़ान

मैं जानता हूँ कि
तुमसे बिछुड़न ने
बना दिया है मुझे
एक थका पखेरू,
जिसके पाँवों का
स्पर्श छूट गया है
धरती के फैलाव से।

पर उसके पंखों में
छिपा है एक स्वप्निल भविष्य,
उड़ान के लिए आकाश का
सहज विस्तार पाते ही,
अतीत के जर्जर परों
को झाड़कर
उगेगी विश्वास की मजबूत
नई पंख,
जो ले जाएगी मुझे
उस झील तक,
जहाँ बहता है प्यार—
स्थिर, स्निग्ध और शीतल-सा।

चतुर्दिक पेड़ों के झुरमुट
देते हैं जहाँ
अंतस के उकठेपन को
हरित अनुभूति,
पक्षियों के कलरव
देते हैं जहाँ
अकेलेपन को
अपनेपन का संगीत।

नृत्य करती मछलियों
का झुंड,
जहाँ देता है
जीवन के जड़त्व को
नई झंकार,
जल पर तैरती
वनस्पतियों की शिराएँ
देती हैं जीवन को
प्लवनशीलता से भरी नई गंध।

मैं जानता हूँ
तुम्हारे वियोग से
उठी वेदना की झाड़ियाँ
जल जाएँगी मेरे असीम
विश्वास की ताप में,
इस विश्वास के पंख
की उड़ान

जरूर ले जाएगी
मुझे मेरे अभीष्ट,
मेरे प्रिय के द्वार तक,
और खोलेगी कपाट
नए, सुखद
संबंधों के अध्याय का।

□

वास्तविक प्रणयिनी

कल्पना ही तो कहेंगे
जो कभी अवश्यंभाव्य सी थी,
स्निग्ध स्पर्श का मधुमास लगती थी,
जो लगती थी नितांत अपनी है,
जिससे फासला चंद समय की धारा का था
वह भी अपनी सीमा के भीतर,
पर आज इतना दुर्गम्य हो गया
कि पाना तो है, स्पर्श का एहसास भी
करा देता है चट्टानी पीड़ा का बोध।

झकझोरता है मेरी समस्त निजता को,
संपूर्णता के दावे को,
क्षमता में निहित समस्त संभावना को,
सोचता हूँ कि उसे पीड़ा की
अनेक परतों में लपेट दूँ,
तीखी अनुभूति के ताप में
उसे पिघलाकर
कर दूँ अंतिम संस्कार,
पर सब निरर्थक।

छील देता है वह
मेरा खुरदरा अस्तित्व,
मेरी प्रत्येक प्यास में—
व्याकुलता है रसपान की।
है शक्तिपुंज वह हर धड़कन का,
मेरी हर वेदना
उसके सुखद-स्पर्श से जनित विरह है।

वही मेरा अभिप्रेत है, लक्ष्य है,
यही कारण, उसकी अप्राप्यता
गहराती है वेदना को,
घोलती है विष आतंककारी,
हर रोम झुलसता है जिंदगी का
प्रचंड ताप में धीरे-धीरे,
मुझे मेरी मृत्यु के हर
क्षण का देते हुए एहसास।

इन्हीं लम्हों में झलकता है बिंदु
झीना-सा परदे के भीतर,
घुप्प अँधेरे के झींगुर की तरह और
देता है मौन संदेश मुझे,
तुम्हारी सोच में इतना संकुचन क्यों,
आत्मग्लानि की दग्धता क्यों?

इस विस्तीर्ण ब्रह्मांड में
खोज कर ज्योति की,

मिलेगी प्रणयिनी की नवीन अवधारणा,
हताशा से संतरण का।
मार्ग भी यही है,
शोध का उपकरण भी।
पर क्षण में लगता है,
कहीं पराजित मन:स्थिति का
छलावापूर्ण स्रोत तो नहीं,
या अवस्था मरणधर्मिता का कारक।

पर सोचता हूँ कि
क्या मेरे प्रिय का रूप
मात्र एक था?
नितांत जड़, प्लवनशीलता से शून्य?
परकटे पक्षी की फड़फड़ाहट
आज मेरी नियति है या
नवीन पंखों के आगमन की
पूर्वपीठिका है यह?
या पूर्व संध्या है
मेरे प्रिय को उद्भासित करनेवाले
नवीन भास्कर की?
इन तार्किक रेशमी बालों का बादल
मेरे प्रिय का मुखौटा बन गया है।

काश! मैं देख पाता
प्रिय के वास्तविक स्वरूप को,
मोहक, भयावह या विस्फोटक,

जो कुछ यथार्थ सिंचित हो,
यही अज्ञात प्रणयिनी का शोध
मेरी वेदना है।

अंतस से निकलता है तीखा-सा स्वर,
भेदता है पीड़ा के
गहराते हुए बादलों को,
जिससे वृष्टि होगी
नवीन आस्था के जल की।

तोड़ना होगा दर्शनों का उलझा छलावा,
पहचानना होगा वास्तविक जनशक्ति को,
भूलना होगा उस पथ को,
जो नितांत 'स्व' में
पीड़ा के मणि तलाशता है।

तलाशनी होगी पहचान अपनी
सामाजिक शक्तियों के गर्भ में,
करना होगा जनवादीकरण
अपने प्रिय के स्वरूप का,
देना होगा विस्तार अपरिमित
'स्व' की संकीर्ण परिधि को।

पिघलना होगा अहं को
'हम' की ज्वाला में,
छेदना होगा मस्तिष्क पर छाए
हताशा के कुहासे को,

मिलाना होगा कदम–से–कदम
गाँव–गलियों से संसद् तक।

छीलनी होगी अवधारणा संभ्रांत की,
पाना होगा भावी का संकेत
उपेक्षित बहुजन के समीकरण से।
तभी प्रणयिनी होगी ज्ञात,
निश्चय ही प्रिय का यह स्पर्श
होगा स्निग्ध और मोहक, और
छँट जाएगा अनिर्णय का दुःस्वप्न।

□

परिवर्तन लाना होगा

देखता हूँ हर ओर
एक उद्वेलन
आक्रोश, व्याकुलता,
सुनता हूँ गोष्ठियों में तीखे स्वर,
संकल्प समूह नष्ट करने का,
करने का सृजन
व्यवस्था का बेहतर विकल्प,
प्रबल वेग बौद्धिक विमर्श का
अकल्पनीय झंझावात
सुनामी-सा जनांदोलन,
कुछ छींटे, कुछ चीखें,
कुछ सीखें।

आरोप-प्रत्यारोप का अनियंत्रित सैलाब,
रथारूढ़ थका सारथी
उद्‌घोष करता छद्‌म युद्ध का,
वीथियों, डगर-डगर
अलख जगाता,
करता कसरतें अस्मिता स्थापना की

मंचों पर बाँहें उठा-उठा,
चीखता-चिल्लाता
बाग देता यथा बहरों को।

करता अभिनय,
नृत्य करता करतल ध्वनि पर,
स्वयं को मसीहा-स्वरूप में
प्रस्तुति का अनोखा व्यायाम करता।

नारों के बवंडर में
स्वयं के अहं को उन्नत करता,
वक्तृता की प्रतिद्वंद्विता में लिप्त
भाषाई-संस्कार को लाँघता,
भर्त्सना के जोरदार हथौड़े से करता वार।

गला फाड़कर झूठी गवाही देता
अपने सत्कर्मों के फेहरिस्त की
टी.वी. चैनलों पर,
चीख-चीखकर लड़ता
खुद को स्थापित करने की सारहीन जंग।

बड़े-बड़े लेख,
लंबी-लंबी समीक्षाएँ,
तीखे-नुकीले तर्क
क्रीत-दासों के,
खास मकसद से जुटाई

भीड़ की करतल ध्वनि,
कुछ उपवास, कुछ टोपियाँ
कुछ टोटके, कुछ झटके
एक फरेब, एक वृत्त चित्र–सा लगता है।

क्या यह संघर्ष निजात दिला सकेगा
महादानव के खूनी पंजों से?
सुबकते, सिसकते, रिसते घाव लेकर
मौन बेबश जमात को,
जो खामोश देख रही है
नपुंसक योद्धाओं के संघर्षों की
साजिशी पटकथा।

इन अभिनेताओं की नूराकुश्ती,
जो बदलाव के नाम पर
देते हैं एक नई धुंध,
धुआँ और राख,
स्थापित करते हैं अपना दर्द
शोषण के नए स्तंभ,
उनका मकसद बदलाव व्यवस्था में नहीं
व्यवस्थापक बदलने में है।

वे उठा रहे हैं लाभ
समूह की चुप्पी का,
अभिनेता का सही स्थान
मिलेगा वास्तविक किरदारों को,

जब समूह इन तिलिस्मों में
तिरते मर्म को समझ उठ खड़ा हो।

वह समूह जो व्यवस्था की कीलों से—
घायल, लथपथ, अभिशप्त, विक्षिप्त
हताश, निराश, शोषित होकर भी
अशक्त बन निहार रहा हो
किसी अवतारी महामानव की
प्रतीक्षा में, निरभ्र आकाश की ओर।

ध्वस्त करने होंगे
निरर्थक मुद्दों के पहाड़,
सँवारने होंगे धूल-धूसरित
शाश्वत मूल्यों के खँडहर,
करना होगा सावधान
वर्तमान पीढ़ी को,
नए गढ़े जा रहे
विषधर प्रतिमानों से,
बचाना होगा खुद को
नव प्रतीकों के सौदागरों से।

तलाशने होंगे वाजिब प्रश्न,
तोड़नी होगी उदासीन खामोशी,
लाना होगा सैलाब
बुलंद आवाजों का,
जिसमें बहा देना होगा

वैचारिक खर-पतवारों को,
ढहाना होगा व्यामोह-जनित
झूठ के ईंट और
फरेब के गारे से निर्मित
आतताई दुर्ग को।

तभी होगा नव विहान,
निर्मित होगा समावेशी लोकतंत्र,
निकलेगा नवांकुर
सुदृढ़-सशक्त भारत का।

□

तलाश! मेरे अभीष्ट की...

तलाशता रहा अपना प्रतिबिंब
कभी जल-परतों पर
तो कभी आईने में,
पर हमेशा मिला
एक भयावह नकार।

टूटते हुए शीशे के टुकड़ों ने
इतने बिंब पैदा किए,
कि अभीष्ट तलाश ही
उलझ गई मेरी।

जब कभी एक टुकड़े को
पकड़ा तीखेपन से कि
कहीं इसी में छिपी है
मेरी खोज, तो मिला
हथेली से रिसता हुआ खून।

हर मोड़, हर पगडंडी को
अपलक निहारता रहा कि

न जाने कौन–सा पथिक
देगा प्रकाश
मेरी अथक यात्रा को।

कभी टेढ़ा, कभी बिखरा
कभी टूटा, तो कहीं
भ्रामक बिंबों को पाकर,
अनकही पीड़ा का
महाकाव्य–सा हो गया
मेरा जीवन।

पर अचानक एक राही ने
मेरे पाथेय को, दिया संकेत तो
लगा, यह राही ही तो
मेरी तलाश थी,
जिसमें डूबकर, मिटकर,
पा सकूँ अपनी
अनचाही गति का
चिर वांछित विराम।

पर अचानक ये सब
स्वप्न–सा लगता है,
जब ढूँढ़ता हूँ
उस सहयात्री को,
वह दिखता है
कर्ण–कवच में,

जिसे भेदने की कला
एक नई चिंता की जनक है।

वह दिखता है,
दायित्वों के नागपाश से बँधा,
जिसे तोड़ने का दुस्साहस
मैं भी नहीं कर सकता,
क्योंकि वे मूल्य
मेरे भी तो उतने ही प्रिय हैं।

वह दिखता है
अभेद्य दुर्ग से घिरा,
जिसके चतुर्दिक है
असमानता की खाई,
कँटीले वृक्षों की पंक्ति,
नुकीले तारों की बाड़,
संतरियों की फौज,

पालतू कुत्तों की कतार,
कृत्रिमता की नाभिनाल से बद्ध
टुकड़ों में बँटी मृतात्माएँ,
इनमें उलझकर मेरा सहयात्री
कहीं लुप्त-सा होता है।

तलाश को पुनः अतृप्त कर
अचानक वह दिखता है

किसी गुफा में,
कंकड़ों, पत्थरों से घिरा,
जिस पर झरने का पानी भी
झिटक–सा जाता है।

गुफा के अंधकार की भयावहता
आशा की ज्योति को बुझाकर
मेरे नैराश्य की चीखों को
नया स्वर दे,
मानो उपहास उड़ाती है कि
तुम चले हो
सहयात्री तलाशने!
तोड़ सकोगे दुर्गों की कठोरता,
गुफाओं की जड़ता?
तोड़ सकोगे कठोर कवचों को?

शायद नहीं,
क्योंकि मेरा सहयात्री
इन्हें प्यार करता है,
उसे मुक्ति की इच्छा तो है,
पर बंधनों से मोह भी,
उसे मेरी तलाश की पूर्णता,
स्वीकार्य है,
पर अपने कवच की परतों
में तैरते हुए
उसे मेरी संवेदना की

अनुभूति भी है,
और अपनी प्रतिष्ठा के प्रति
सतर्कता भी।

यह बोध उसका अपना नहीं,
मेरे अभागेपन का है,
अभिशप्त अश्वत्थामा की तरह,
जो तलाश जारी रखने को
शापित है।

सामीप्य एवं दूरियाँ,
दोनों के कूलों के बीच
थिरकते जल-प्रतिबिंबों
या कणों की भाँति
एक निरुद्देश्य भटकन
के दर्शन को ओढ़ती,
देखना है मेरी तलाश,
कब मेरे वजूद को
मिटाती है तुममें समाकर।

उस क्षण को अभिनंदन
कर सकूँगा या नहीं,
इसका जवाब मेरा भाग्य दे
या पुरुषार्थ,
सब कुहासे में छिपा है।

उसे तोड़ने की विधा में
मेरी तलाश,
कब तुझमें डूबेगी,
करूँगा सदियों तक इंतजार
जीवित या मृत हो,
मेरे अभीष्ट!
तुम्हें मिलना ही होगा।

□

मैं जानता हूँ

मैं तुम्हारी साजिशों को जानता हूँ कि
तुम देश को माँ क्यों कहते हो?
उसके स्तनों का खून निचोड़कर
खुद को सबल बना
उसे अबला कह सको,
और जब भ्रष्टाचार रूपी नवेली वधू
तुम्हारा आलिंगन करे,
तो माँ को ठोकर मारकर
दहलीज से बाहर कर सको,
इसलिए देश को माँ कहते हो।

माँ के स्नेहिल चीर से
अपनी क्रूर नग्नता को ढक सको,
जब माँ की लाज खतरे में हो
तो अनात्म दुःशासन बन
चीर हरण कर सको,
इसलिए देश को माँ कहते हो।

उसके अंग-प्रत्यंग को तोड़कर
जुटाते सुविधाओं का उपादान,

नपुंसक श्रद्धाओं के माध्यम से
दिखाते छलावापूर्ण मान,
कर सको आस्थाओं की
घिनौनी सौदागरी,
इसीलिए देश को माँ कहते हो।

तुम धूर्त हो, तुम प्रवंचक हो,
कृतघ्न हो तुम!
तुम जानते हो उसकी
उदारचित्त विवशता को,
इसलिए जपते आए हो मंत्र
'माता न कुमाता,
पुत्र कुपुत्र भले हों'।

पर वह क्षत-विक्षत होते हुए भी
सींचती रहेगी अंतिम श्वास तक
शापित मानवता को,
मुक्ति का एहसास देते
मृतात्माओं की फौज के
पापों का शमन करते,
अनकही, अव्यक्त,
पीड़ा का पारावार समेटे,
निर्मल-धवल मुस्कान लिये
चिरंतन भावी इतिहास की धारा को।

□

जननायक हूँ मैं!

मैं कहता रहा,
तुम सुनते रहे,
मैं बोलता गया,
तुम मानते गए,
जब तुम कहने लगे,
मैंने अनसुना कर दिया।

मैंने कहा बदल दूँगा व्यवस्था,
जला दूँगा भ्रष्टाचार व अव्यवस्था,
और तुमने विश्वास कर लिया;
मैंने कहा विकास का हूँ अग्रदूत,
आतंक का विनाशक शांतिदूत,
आमूल–चूल परिवर्तन का क्रांतिदूत,
और तुमने यकीन कर लिया।

मैंने कहा मेरा पाथेय है सिद्धांत,
फरिश्ता हूँ जीवंत,
तुम्हारी लिखने आया हूँ तकदीर
और तुमने मान लिया।

मैंने कहा तुम्हारा खुदा हूँ
बंदगी करो झुककर,
और तुमने सज़दा कर लिया।

मैंने बाँहें क्या उठाई हवा में,
तुम्हें लगा जैसे बरकतें बरस रही,
मैंने शब्दों की गर्जना भर की,
तुमने मान लिया योद्धा।

मैंने हथेली पर हाथ क्या रखा,
तुमने बौछार कर दी करतल ध्वनि की,
मैंने अभिनय पौरुषेय का क्या किया,
तुम दीवानगी में मदहोश हो गए।

मैंने कहा परिवर्तन आ रहा है, झूमों!
तुमने नटराज नृत्य को भी बौना कर दिया,
पर तुम भूल गए जाति-धर्म की अफीम,
जिस पर तुमने मुझे पसंद किया,
और मुस्कुराते हुए थामा रुपयों का बंद लिफाफा,
तुमने पूछा एक बार भी मुझसे,
यह आया कहाँ से है, देवदूत?

मैं सिद्धांतवादी हूँ,
जिसका मंत्र है मेरा अस्तित्ववाद,
और नाभि है अवसरवाद,
मैं हूँ सौदागार तुम्हारे वोट का,

निखारता हूँ नितांत 'निज',
तुम कहते हो मैंने धोखा दिया,
पर मैंने स्वधर्म निभाया।

मैं आश्वस्त हूँ कि फिर बनोगे शिकार
मेरे शब्द-जाल का,
मैं फिर कहूँगा, तुम फिर सुनोगे
और जब तुम भूल से
पूछोगे कोई सवाल,
मैं मुस्कुरा दूँगा बहरा बनकर।

तुम सलाम करोगे
मेरी नेतृत्व कला को,
मैं राज करता रहूँगा चिरंतन—
रूप, गंध व वस्त्र बदलकर,
संविधान संवहन का पहनकर चोला,
क्योंकि तुम्हारा जननायक हूँ मैं!

□

अनकहे शब्द

खून से लथपथ
चौराहे पर पड़ा
एक अधमरा आदमी,
चीत्कार कर रहा था,
आखिर उनका क्यों नहीं बिगड़ता कुछ?
जो भोंकते हैं खंजर
सत्य की पीठ पर,
जो नोंचते हैं गिद्ध की तरह
इंसानियत की रूह।

अचानक तमाशबीनों ने घेर लिया उसे,
उसी भीड़ से किसी ने कहा—
अरे! यह पागल है,
इसे तो मरना ही था,
चला था बनने
सत्य की राहों का अन्वेषी,
विसंगतियों की व्यवस्था में
चाहता था ठोकना कील।

किसी ने कहा—
इसके शरीर से रक्त नहीं,
बह रहा है मवाद,
जो व्यवस्था-विरोधी
विचारों की प्रतिक्रिया से
कैद था अंदर।

तमाशबीनों का जुलूस
घसीटते हुए जिंदा ही
ले गया उसे
शव-विच्छेदन गृह,
जहाँ व्यवस्था-पोशी चिकित्सकों ने की
चीर-फाड़, मिली उसमें
कुछ घोटालों की खंजरें,
कुछ छलावे के उस्तरें,
और कुछ धँसी-सी गोलियाँ
वैचारिक प्रवंचना की।

उसकी अस्मिता,
अचानक लुट गई थी
पूँजी के हाथ,
रौंदा था कौमार्य
उसका सरेआम
सत्ता के क्रीतदासों ने।

उसका दोष था मात्र कि
वह न बन सका
समूह-विशेष का प्रतिनिधि,
एक पूर्ण इंसान
बनना चाहता था वह।

हाँ, उसका दुस्साहस था यही,
जिसके लिए खानी पड़ी उसे
चोटों की श्रृंखला,
दफ़न होना पड़ा ज़िंदा
मूल्यों के सौदागरों के हाथ।

पर अचानक एक भीड़ आई,
जिसने उसकी लाश को उठाकर
सड़क पर पुनः रख दिया और
देने लगी दुहाई
कुर्बानी की उसकी
अनेक खोखले नारों से।

पर मौत के सौदागरों ने
दिया आश्वासन
छँट गई भीड़,
और 'अगुआ' जिंदाबाद
के स्वरों में उठता हुआ
सतह से सत्तानशीन हो गया।

लाश श्मशान तक पहुँची
पर उसकी चिता की लौ
दे रही थी रोशनी
वास्तविक जन–यूथ को,
ईमान की बेबसी के कारा
को तोड़ने की
और उठाने को मशाल,
गाँव–गाँव तक,
सत्य शोधक की मूल आत्मा को।

उस चिंग़ारी को ज़िंदा
करना होगा,
यदि करना है ध्वस्त
मृतात्माओं की फौज को,
लौ से जलाने होंगे
घर–घर दीये,
जगाना होगा अलख
न्याय के गीत का।

यदि बुझ गई लौ
तो देश मर जाएगा, और
रह जाएगे ज़िंदा वे लोग,
जो चाहते हैं करना सौदा
देश के कफ़न से भी।

यह लौ!
उन तमाम ज़िंदगी से बेहतर है,
जो चूसते हैं खून
जोंक की तरह
इंसानी जज्बात का।

यह लौ!
तुम्हारे यज्ञों की लपटों से बेहतर है, जो
आकाश को पवित्र नहीं करती,
स्वर्ग का द्वार नहीं खोलती पर,
करती है पैदा एक हलचल
विद्रूपताओं से निजात की।

यह लौ, करती है जिंदा
समूची कौम को
एक नए तेवर के साथ,
जो शायद ला सके,
नया विहान।

□

दासत्व का बादशाह

गंधहीन, रसहीन
आकारहीन, विचारहीन,
रंगहीन, गतिविहीन
दृष्टिहीन, रीढ़ विहीन,
सर्वत्र-व्याप्त, सहज-घुलनशील
सार्थक-अस्मिताविहीन,
कौन हूँ मैं ?

यथास्थितिवाद का पोषक
जड़त्व का अथक शोधक,
अनिर्णय की स्थिति तक
जिज्ञासाओं का बोझ लिये,
पृच्छाओं का करता अविरल शर-संधान,
प्रगति को करता मरणासन्न
नीतियों को ओढ़ाता स्वर्णिम कफन,
निर्णयगत पक्षाघात का शिकार
नवीनता का सहज अवरोधक,
कौन हूँ मैं ?

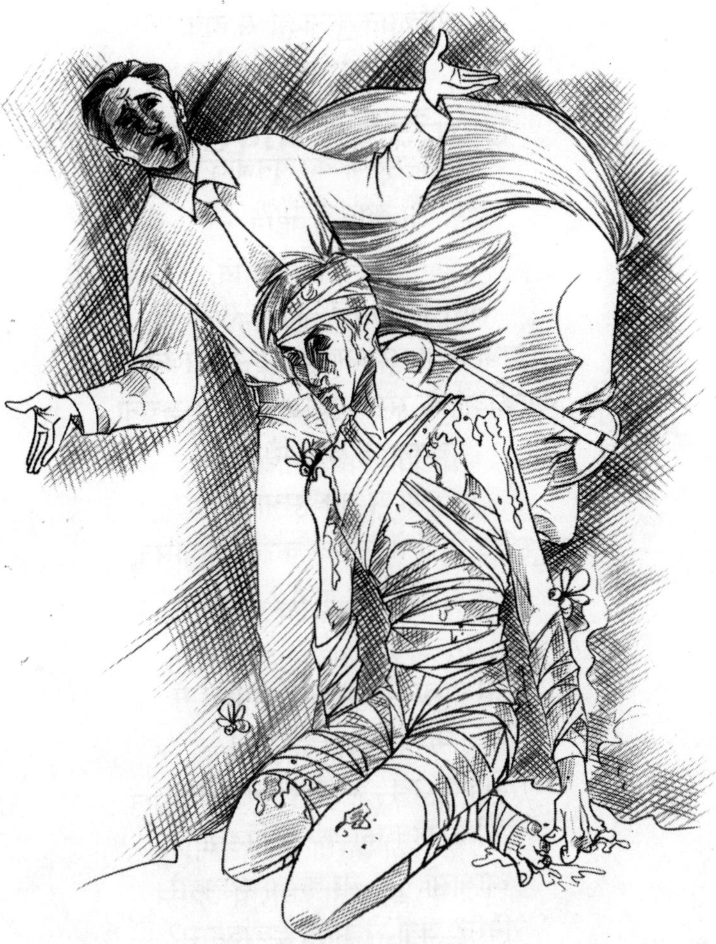

क्रूर, उदासीन, भावसिक्त,
शृंखलाबद्ध व्याधियों से लिप्त,
वैचारिक–द्वंद्वात्मक मवाद से आक्रांत,
श्रीविहीन कुंठाओं से होते
संकल्प भयाक्रांत,
तलाशता दफ़न होते
युवा–मूल्यों का पुनर्जीवन,
कौन हूँ मैं?

आमजन के लिए शून्य संवेदना
अधीनस्थों पर आहत शेर–सी गर्जना,
आकाओं के समक्ष सिद्धांतविहीन अर्चना,
चेतना के केंद्र में कुर्सी
वाणी में वक्र संभाषण,
शक्ति केंद्रों के समक्ष करता शीर्षासन,
कौन हूँ मैं?

भ्रष्टाचार के प्रजनन संवहन में
करता सहज योगदान,
नितांत 'स्व' की गुफा में सिमटा
लोक हित का करता पिंडदान,
आभासी नृप–सा करता व्यवहार
निरीह जनों से सतत दुर्व्यवहार?

फुटपाथों, झोंपड़ियों तक
स्वामी को सीमित कर,

करता क्षण–प्रतिक्षण तिरस्कार,
वातानुकूलित कमरों में मानसिक जुगाली,
और भरता अर्थहीन हुंकार,
गुलाम वंश की अविछिन्न विरासत ढोता,
दासत्व का बादशाह!
लोकसेवक हूँ मैं!

□

आई होली रे!...

आई रंग-रंगीली होली रे!
कैसे खेले जनता भोली रे?

हिंसा और आतंक का तांडव,
नित देता गहन मलाल,
यारों सच मानो—
हाथ से उठता नहीं गुलाल,
अश्रु पूरित रुदन करें
या करें ठिठोली रे!
कैसे खेले जनता होली रे?

प्रेम और सौहार्द
सिसकता पड़ा वोट से रौंदा,
झोंपड़ियाँ भी राख हो गई
बरतन बिखरा औंधा,
घर में रखें रंग-राखी
या बम-कट्टे और गोली रे!
कैसे खेले जनता होली रे?

आयी होली रे

गलियारों में भागी फिरती
लाज बचाती नारी,
शोषित खाए लाठी–डंडा
मेवा अत्याचारी,
जिधर न्याय के लिए निहारो
लुटेरों की टोली रे!
कैसे खेले जनता होली रे?

कल का गुंडा, आज का मंत्री
अफसर चोर उचक्के,
ये सभ्रांत सफ़ेदपोश हैं,
हम ठगे हुए भौंचक्के,
क़िस्सा, कुर्सी, राजलक्ष्मी,
सबकी पोल है खोली रे!
कैसे खेले जनता होली रे?

बिकी लेखनी, बिका ज़मीर
देखो माफिया हुए अमीर,
बुद्धि बिक गई, जिस्म बिक गया,
देखो यारों देश बिक गया,
खाली हैं जनता की जेबें,
उनकी भरी है झोली रे!
कैसे खेले जनता होली रे?

□

छद्म संन्यासी

संन्यासी हूँ मैं!
द्रष्टा हूँ अध्यात्म पथ का,
जानता हूँ रहस्य ईश्वर का,
संवाद है सीधा उस परमशक्ति से,
मैं उस मार्ग को भी जानता हूँ,
और साधन को भी, जो
तुम्हारी पहुँच कर सकता है स्थापित
रहस्यमयी देवलोक से।

तुम्हारे अतीत के पापों के
शमन की विद्या हूँ मैं!
और बीमा हूँ
तुम्हारी भावी दुश्चिंताओं का।

नहीं कर सकता तुम्हारी
दरिद्रता का निवारण,
पर दे सकता हूँ
मृत्यु-पश्चात् अदृश्य लोक में
समृद्धि एवं अप्सराओं का सुख।

मैं भोगता हूँ अपनी सहज इंद्रियाँ
सिखाते हुए तुम्हें सतत्
साम, दाम, तप, वैराग्य का पाठ।

मत पूछना अपनी पीड़ाओं,
नैराश्य का उपचार,
वह भोगना है तुम्हें
पूर्व जन्मों की वासनाओं के
क्षय के निमित्त।

मत समझना अपनी दरिद्रता को
व्यवस्था-जनित सड़ांध की दुर्गंध,
इसके मूल में हो
सिर्फ 'तुम' और तुम्हारा 'विकर्म'।

हाँ, परलोक में चाहते हो सुखों की वर्षा
तो देना होगा निरंतर चढ़ावा,
अपनी सीमित आय का वृहद् अंश,
जिसमें बन सके
हम वैरागियों का प्रासाद,
जिसके एक कोने में रहेंगे तुम्हारे आराध्य भी।

स्वर्ग का प्रतिनिधि हूँ मैं,
मोक्ष मार्ग का ठेकेदार,
तुम्हें चुकाना ही होगा पथकर,
सुदृढ़ रखने को मेरे व्यवसाय की निरंतरता।

मैं तत्त्वदर्शी हूँ, पर साझा नहीं करूँगा सत्य,
वरना तुम धनुर्धारी पार्थ की तरह
ले लोगे व्रत 'अन्याय' के प्रतिकार का।

नहीं दूँगा उपदेश
उपनिषदों, वेदांत, गीता एवं कुरान का,
अन्यथा तुम खोज लोगे
स्वयं के भीतर 'परमतत्त्व'
आत्मानुभव पर आधृत।

यदि तुमने जला दिया वासनाओं का रावण,
और बसा लिया हृदय में राम-खुदा के
शाश्वत मूल्यों का समुच्चय,
फिर क्या होगा मेरी सौदागिरी का?
बिचौलिए की निर्विघ्न सत्ता का?
रहस्मय मोह की भूलभूलैया का?
जिसमें उलझाकर राज करता हूँ
मैं तुम पर।

सात्त्विकता का ढोंग कर
तामसिकता को पाथेय बना
कैसे भोग सकूँगा मैं
पृथ्वी के राजसी ऐश्वर्य को?
कैसे आवृत्त कर सकूँगा व्याभिचारों को
संन्यस्थ वस्त्र-विन्यास से?

मेरा स्पर्श मात्र
तुम्हारे विवादों की औषधि है,
मैं नहीं जानता स्वयं को,
पर दे सकता हूँ
संपूर्ण 'ब्रह्मांडीय' ज्ञान का सार।

समस्त तत्त्वज्ञान मुझमें समाहित हैं,
सभी दर्शनों का निष्कर्ष हूँ मैं!
तुम हो जाओ अनसूया,
क्योंकि मैं हूँ मार्ग,
और एक मात्र नाविक।

भूल जाओ 'आत्मदीप' का संकल्प
मैं ही सूर्य हूँ तुम्हारा,
जला दूँगा तुम्हारी अविद्या
ज्ञानाग्नि की दग्धता से।

मैं करता रहूँगा गूढ़ रचना ईश्वर की,
नित नवीन परिभाषाएँ गढ़ता रहूँगा,
बुनता रहूँगा रहस्यों का रेशमी जाल
कि तुम सदैव तलाशो मेरा आश्रय
'स्वयं' तक की यात्रा के लिए भी।

मैं नहीं समझने दूँगा
अध्यात्म की 'आत्मा',
ओझल रखूँगा 'ईश' को गहरे कुहासे में,

उद्विग्न रखूँगा तुम्हें, अतृप्त भी
छलावापूर्ण प्रवचनों से, अर्थहीन कर्मकांडों से।

माया से दूर रहने की सलाह
देने वाला कुटिल मायावी हूँ मैं!

'त्याग' के दर्शन का प्रवंचक,
परम भोगी हूँ मैं!

तुम्हारे द्वंद्वों के समाधान को,
उलझावों को नित उर्वरक देता
तुम्हारे कर्मों के पोषक रसों का रागी हूँ मैं!
छोड़ो प्राणिमात्र के कल्याण का स्वप्न
मैं हूँ तुम्हारे समस्त कर्मों का केंद्र,
समर्पण करों, समस्त अर्पण करो मुझे
तुम्हारा पूज्य-पाथेय,
आधुनिक संन्यासी हूँ मैं!

□

शातिर

वह भूखा है, चलाता है गोली भूखों पर,
क्योंकि उसे भूख मिटाने के एवज में
मिला है यह काम,
वह पत्थर मारनेवाला,
पत्थर खानेवाला,
गोली चलानेवाला, गोली खानेवाला,
सब एक ही जमात के हैं,
पर मकसद गढ़े गए अलग-अलग।

कौन भटकाव का मार्ग प्रशस्त करता है,
कौन उकसाता है ?
हाथ में किताबों के बैग की जगह,
जुटाने को पत्थरों का ढेर।
कौन देता है घृणा की ताकत
अपनों पर चलाने को पत्थर,
जहरीले, नुकीले, धारदार खंजर ?

कौन पढ़ाता है पाठ अलगाव का ?
कौन सींचता है विभाजन का वृक्ष ?

कौन देता है ऐसा माहौल, जिसमें
पैदा हो सके ज्वाला असंतोष की?
दोनों अपने-अपने हिस्से के माननीय,
पर देश और पूरी जमात के दुश्मन।

वह शातिर है,
परायों को अपना,
अपनों को पराया
एहसास कराने का
जादूगर है वह।

वह दुश्मनों की मदद से
करता है भूख मिटाने का अहद
और दे देता है अपनों के प्रति
नफरत का जुनून,
हाथों में पत्थर और विनाशकारी बम।

वह अदृश्य हो जाता है, और
शुरू हो जाता है अपनों का युद्ध,
भूख का भूख के खिलाफ,
लहूलुहान होता है 'देश',
ताकत पाता है आतंकवाद
और संवेदनहीन व्यवस्था।

समझना होगा खतरनाक मंसूबों को,
जागना होगा हम सभी को,

पहचानना होगा असली 'शत्रु',
तभी खत्म होगा यह छद्म युद्ध,
होगी वास्तविक जंग की शुरुआत,
जब 'भूख' और 'भूख' मिलकर लड़ सकेगी
भूखे पैदा करनेवाली व्यवस्था से।

□

मन्नतें

बचपन से सुनता आया कि
लोग देवस्थलों पर मिन्नतें करते,
दुआ माँगते शीश झुकाकर कि
मेरा बेटा बुद्धिमान् हो,
अनुशासित और ज्ञानवान् हो,
हो अपनी संस्कृति का ज्ञान,
बढ़ाए दुनिया में वंश का मान।

सुसंस्कृत हो, संस्कार हो महान्,
इंजीनियर, चिकित्सक बन
करे राष्ट्र-निर्माण,
नौकरशाह बन करे शासन,
पर मुझे लगता है, ये हैं भ्रमित,
इनकी सोच है अत्यंत सीमित।

ये अपने बेटे को चाहते हैं बनाना
निम्न-मध्य वर्ग का प्रतिनिधि,
अब दुआ करनी होगी कि
मेरा बेटा हो अज्ञानी, मूर्ख,

लंपट, संवेदनहीन, अत्याचारी,
अतिवाचाल, भ्रष्टाचारी, व्याभिचारी,
ताकि व्यवस्था का सिरमौर बन
लोकतंत्र में राजा बन सके।

□

कामना! तुम्हारे अमरत्व की...

तुम कामना करते हो
अमरत्व की,
आदिकाल से अहर्निश
जानते हुए भी कि
शरीर नश्वर है,
और ऊर्जा परिवर्तनशील।

ज्ञान-विज्ञान व धर्मशास्त्रों की घोषणा भी
न डिगा सकी तुम्हें,
इस कामना के अपरिमित विस्तार से
हो भी क्यों न,
जब अमरत्व रही है
कल्पना देवों की भी।

इसी अमरत्व के लिए
तो हुआ देवासुर संग्राम,
पर तुम जूझते हो
प्रतिक्षण विविध व्याधियों से—
दैहिक, दैविक और भौतिक,

उपासना करते हो देवों की
इससे निवृत्ति के निमित्त।

उद्वेलित रहते हो झंझावातों के भँवर में,
करते हो संघर्ष चिरंतन
स्थापित करने को अपनी अस्मिता,
इंद्रियों के ज्वर में तपते हुए
ढूँढ़ते हो 'आनंद' शीतल।

पर क्यों ढोना चाहते हो
यह स्थूल मांसल पिंड
सूक्ष्म ऊर्जा की कीमत पर ?
अमरता की पिपासा में
कभी सोचा है कि
रोज मरते हो तिल-तिल
करते हो खंड-खंड,
अंश-अंश अपनी हत्या अनवरत।

तुम उस दिन ही मरने लगते हो, जब
विदीर्ण होने लगते हैं सामाजिक मूल्य,
तिलांजलि देते हो राष्ट्र-हित को
अपने निजी स्वार्थों के वशीभूत,
और कर देते हैं विस्मृत
'सर्व भूत हिते रताः' की अवधारणा,
तुम्हारी अनियंत्रित वासनाओं के झुंड।

मरने लगते हो उस दिन,
जब पैदा कर लेते हो 'शत्रुभाव'
प्रकृति की विविधताओं से,
अपने प्रासादों, विलासिताओं के लिए
तोड़ते हो तमाम घोंसलें,
गुफाएँ, घरौंदे
और रौंदते हो
पारिस्थितिकीय संतुलन के सारे आयाम।

रोज मरते हैं वृक्ष,
विनष्ट होती हैं वनस्पतियाँ,
जाते हैं अनगिनत सूक्ष्म जीव-जंतु
हर क्षण मृत्यु के आगोश में,
तुम रोज मारते हो नदियों को,
नालों को, झरनों को,
अतीत बना देते हो जल स्त्रोतों को,
अपना भविष्य सँवारने के नाम पर।

नफरत है तुम्हें पक्षियों के कलरव से,
असहज हो अन्य जीवों की उपस्थिति से,
क्यों ले आते हो प्रारूप ऐसे विकास का,
जो प्रकृति के अवयव होने की
अनुभूति समाप्त कर, दे दंभ तुम्हें
प्रकृति पर स्वामित्व-बोध का।

तुम अमरत्व की खोज में
कहीं लिख रहे हो,
समूचे ग्रह, समग्र मानवता
के विनाश की पटकथा।

तुम्हारे पश्चात्
न हो कोई जीव, न कोई मानव और
शायद यह ग्रह भी न हो,
नक्षत्रगण, सौर मंडल और
कदाचित् ब्रह्मांड भी न हो,
क्या यही नई परिभाषा तो नहीं
तुम्हारे अमरत्व की ?

आत्महंता, सर्वहंता,
जब समूची मानवता हो जाए,
इतिहास ऐसे अतीत का,
जिसका भविष्य में न हो
एक भी द्रष्टा !
क्या यही है कामना
तुम्हारे अमरत्व की ?

□

वो अनकहा-सा

वो 'अनकहा स्वर'
मेरी काया की प्रतिध्वनि नहीं,
मेरी आत्मा की शाश्वत ध्वनि है।

वह मेरी अभिलाषाओं का सृजक नहीं,
मेरे त्रिविध तापों का विसर्जक है,
वह मेरी मौलिक ध्वनि
लय-ताल, छंद है।

वह मेरी वेदना, मेरी चेतना,
मेरा अचेतन, अवचेतन,
मेरा यथार्थ, मेरा स्वप्न है।

वह मेरा ब्रह्मचर्य, मेरा राग,
मेरी साधना, मेरा विराग भी,
वह है मेरी जीवन दृष्टि,
मेरी 'निजता' की सृष्टि भी।

वह मेरा शून्य है,
मेरा अनंत है,
उमंगों का नाद
अनहद नाद भी है।

वह मेरे होने का प्रमाण,
मेरा अनछुआ स्वाभिमान,
मैं उसके अंतस का विस्तार,
वह मेरा 'आकार' है।

वह मेरे शिवत्व का बोध,
मेरी आत्मा का शोध है,
यकीनन वह मेरी वासना नहीं,
मेरे प्यार की संपूर्णता की उपासना है।

वह मेरी निराशाओं का हेमंत
और आशाओं का वसंत है।
वह मेरी दैहिक पिपासा नहीं,
मेरी जिजीविषा की आशा है।

वह मेरा भौतिक मीत नहीं,
अद्भुत आध्यात्मिक संगीत है,
मेरे जीवन की अमावस भी
और पूनम का चाँद है।

वह मेरी मर्यादा, मेरी लक्ष्मण-रेखा,
नियति की खूबसूरत 'लेखा' है,
वह मेरी स्वतंत्रता, मेरी परतंत्रता,
मेरा मोक्ष, मेरा बंधन,
मेरा आकर्षण, मेरा विकर्षण,
मेरा योग, मेरा वियोग,
मेरी व्याधि और मेरा उपचार है।

वह मेरी आत्मा का प्रणय,
हृदय का सहयात्री,
मेरे अंग-प्रत्यंग का सौंदर्य,
और सत्कार भी है।

वह मेरे अंतस का क्रंदन,
श्रद्धा-भावों का वंदन,
मेरी काया का महकता चंदन,
वह मेरा अंधकार, मेरा प्रकाश,
मेरी धरती और आकाश है।

वह मेरा त्राण, पंचतत्त्व प्राण है,
मेरे स्पंदन का ईश,
जीवन का प्रत्यूष है,
वह मेरा प्रमेय, मेरा प्रमाता,
सभी जन्मों का अभिधेय है।

वह मेरी वासनाओं की देह,
अनुभूतियों का विदेह भी है,
मैं उसकी समिधा,
वह मेरा यज्ञ,
मैं उसकी माया,
वह मेरा परब्रह्म है।

□

यूँ ही कुछ चलते-चलते

अब सच की परछाइयों से भी
डराने लगे हैं लोग।

गलित परंपराओं की सड़ांध में बैठे,
खुशबुओं का स्वप्न दिखाने लगे हैं लोग।

ठूँठे दरख्तों की लकीरें दिखा-दिखा,
साए का एहसास कराने लगे हैं लोग।

नपुंसक आस्थाओं के तेवर दिखा-दिखा,
क्रांति का छलना रचाने लगे हैं लोग।

सूखे हुए चेहरों, धँसी आँखों को बयाँ कर,
अपना ही आशियाँ सजाने लगे हैं लोग।

पंथ और जाति का शोला लिये हुए,
सद्भाव का घरौंदा बनाने लगे हैं लोग।

झोंपड़ियों की लौ को रोशनी का भय दिखा,
सरेआम दीवाली मनाने लगे हैं लोग।

उठती हुई सिसकियों में पीड़ा का जिक्र कर,
झूठी उम्मीद दिखाने लगे हैं लोग।

घुटने सने हुए हैं कीचड़ में जिनके यारों,
उपदेश स्वच्छता का पढ़ाने लगे हैं लोग।

हैं हाथ रँगे हुए दरिंदगी के खून से,
मनुजता की दुकानें चलाने लगे हैं लोग।

जिनको पता नहीं अपने 'वजूद' का,
'संस्कृति' की ठेकेदारी चलाने लगे हैं लोग।

शहनाइयों का स्वर समझकर यह बदनसीब,
अपनी ही मर्शिया का धुन बजानें लगे हैं लोग।

बेईमान अभिव्यक्तियों से देकर के छलावा,
जलती मशालें भी बुझाने लगे हैं लोग।

पहचान संवेदना के सौदागरों को तू,
अस्तित्व की नाव डुबाने लगे हैं लोग।

उठो, जागो, ऐ मेरे देशवासियो!
टकों पर देश लुटाने लगे हैं लोग।

□□□